L'ARAUCANIE

NOTICE

SUR LES MŒURS DE SES HABITANTS

ET SUR SON IDIOME

PAR A. DE TOUNENS

BORDEAUX

FÉRET ET FILS, LIBRAIRES-ÉDITEURS

COURS DE L'INTENDANCE

1877

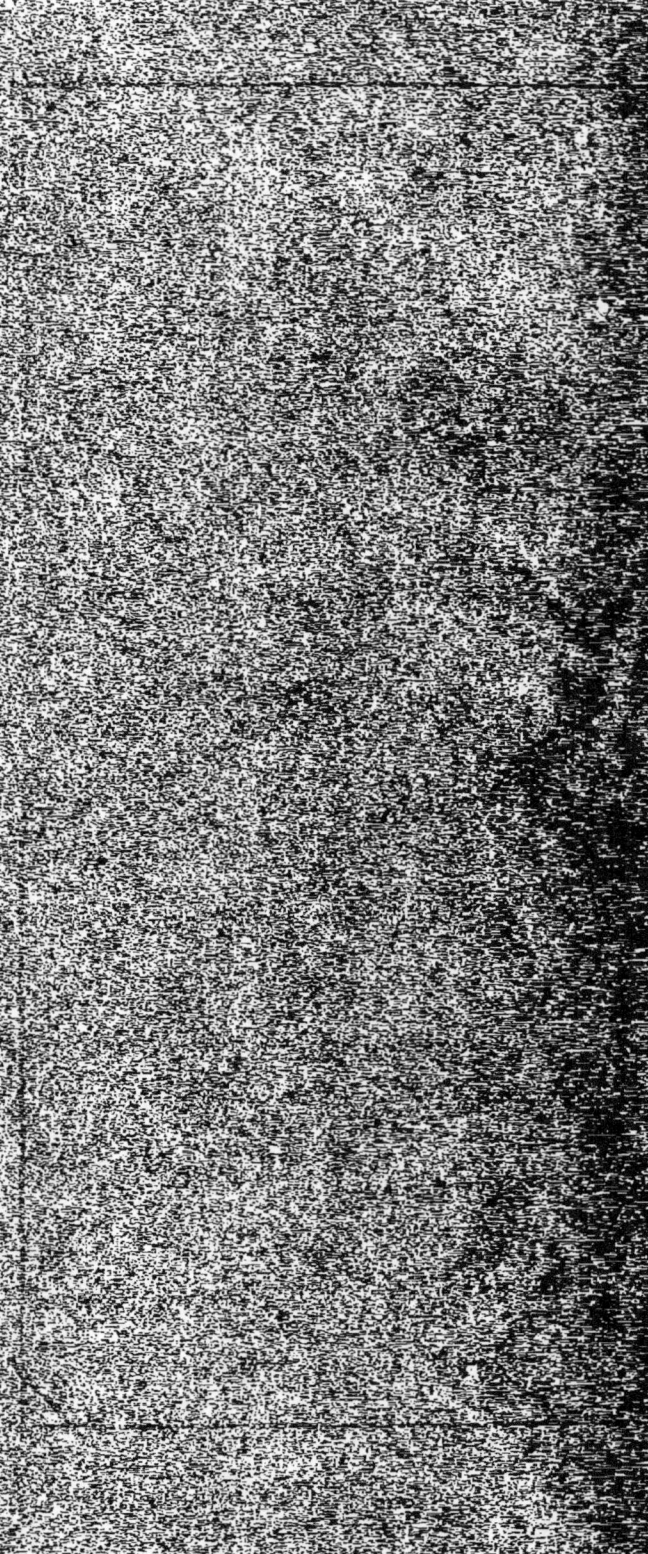

L'ARAUCANIE.

NOTICE

SUR LES MŒURS DE SES HABITANTS
ET SUR SON IDIOME

QUI N'A AUCUN RAPPORT AVEC LES IDIOMES EUROPÉENS

PAR

LE Pce O.-A. DE TOUNENS

BORDEAUX

FERET ET FILS, LIBRAIRES-ÉDITEURS,
15, COURS DE L'INTENDANCE, 15.

1877

La présente Notice *est offerte, à titre de souvenir, à ceux qui ont pris ou prendront part à ma souscription, ainsi que je l'ai annoncé dans une lettre, en date du 9 juillet 1877, insérée dans les journaux de Bordeaux et de Périgueux.*

NOTICE

Je vais conduire le lecteur en Araucanie; qu'il veuille bien me suivre.

Nous sommes en Europe et nous voulons aller en Araucanie. Nous avons plusieurs routes, mais la plus rapide est de prendre un vapeur de la ligne du Pacifique, qui part de Liverpool, touche à Bordeaux, Lisbonne, Saint-Vincent, le Brésil, Montevideo, Punta-Arenas, dans le détroit de Magellan, remonte le Pacifique et va faire du charbon à Lota. Ce port est dans l'Araucanie même; il a été pris par les Chiliens, et la frontière qui sépare ceux-ci des Indiens n'en est pas éloignée.

On peut encore prendre un vapeur de la compagnie des Messageries Maritimes qui part de Bordeaux, par exemple le *Parana,* commandant Varangos, qui est un très beau vapeur — où l'on est bien traité, — ou bien la compagnie du *Royall Mail,* qui part de Southampton, — ou encore la compagnie Lamport et Hott qui part de Liverpool : elle a de très bons vapeurs, spécialement le *Maskelyne*, capitaine Hairby. Nous avons aussi plusieurs compagnies partant de Marseille ou qui touchent à ce port.

Tous ces vapeurs nous conduiront à Buenos-Ayres. De là nous traverserons les *Pampas*, et nous arriverons chez les Indiens Pampéens; nous prendrons la direction du sud-ouest, nous traverserons la Cordillère des Andes, et nous serons en Araucanie.

ARAUCANIE.

L'Araucanie proprement dite coupe le Chili en deux; elle comprend les territoires qui sont entre Concepcion et Valdivia. Elle est bornée au nord et au sud par le Chili, à l'est par la Cordillère des Andes et la Patagonie, à l'ouest par l'Océan Pacifique.

MONTAGNES DES ANDES.

Les montagnes de la Cordillère des Andes sont en général très élevées; certains pics entre l'Araucanie et la Patagonie conservent des neiges perpétuelles. Plusieurs de ces montagnes renferment dans leurs flancs des volcans qui sont presque toujours en éruption.

J'ai eu occasion d'en observer un pendant plusieurs mois. Selon une tradition des Indiens, il était éteint depuis longtemps. Tout, autour du pic, était calme. Un jour de printemps, en 1870, des nuages se formèrent au faîte du pic; peu à peu ils descendirent sur la crête des montagnes les plus rapprochées, ils s'étendirent et se grossirent. Un orage très violent éclata. Il resta longtemps sur les montagnes; on aurait dit qu'il y était attaché. Enfin, il prit la direction du sud-est. Mais les montagnes restaient encore cachées par des nuages; cela dura deux ou trois jours. Lorsque le temps devint clair et que les pics furent dégagés, je remarquai une colonne de fumée qui sortait non du pic de la montagne la plus élevée, mais de son flanc, du côté du sud-est: c'était l'ancien volcan qui était rallumé. Les Indiens en furent très impressionnés. Quelques malheurs nous menacent! me dirent-ils. — Je leur rappelai qu'un orage venait d'éclater et que l'électricité était tombée sur l'ancien volcan; qu'en foudroyant les rochers il avait découvert de nouvelles matières inflammables, et que celles-ci avaient pris feu. Ils en furent très surpris. Ma conviction est que les volcans sont allumés par l'électricité.

Pendant un mois et demi environ, il sortit une colonne de fumée immense; elle était très épaisse et formait de véritables nuages. Dans le jour, je la voyais très distinctement; dans la nuit, je ne voyais rien. C'était une preuve que les flammes étaient très profondes et que les matières n'étaient pas encore en ébullition. Enfin, la fumée commença à diminuer et à devenir plus claire. Cela prouvait que je n'attendrais pas longtemps à voir les flammes, si toutefois la position où je me trouvais me le permettait; j'étais à l'ouest de la montagne, et le volcan était au sud-est; son cratère m'était donc caché par une partie de la montagne.

Quelques jours après, dans la soirée, je commençai à voir les flammes, puis toutes les nuits je les voyais depuis le soir jusqu'au matin. A mesure qu'elles augmentaient, la fumée diminuait et devenait blanchâtre. C'était la preuve que les matières combustibles étaient à l'état liquide et que le volcan ne tarderait pas à verser sa lave. Cela dura plusieurs jours. Enfin, une nuit je remarquai des blocs en feu jetés en l'air et retombant de tous côtés. Les uns succédaient aux autres; cela dura plusieurs nuits. Puis le volcan s'apaisa, et je ne voyais plus que de la fumée pendant le jour.

A cette époque, un Indien qui venait nous voir, nous raconta qu'il avait eu beaucoup de peine à passer le gué d'une rivière qui prend sa source dans les environs de la montagne qui alimente le volcan. L'eau avait considérablement augmenté, nous dit-il, et elle était blanchâtre. Il ne pouvait pas s'expliquer ce phénomène. Je lui demandai si l'eau était chaude? Elle ne l'était pas. J'expliquai que cette augmentation des eaux de la rivière devait être occasionnée par le volcan qui les avait rejetées; ou bien en brûlant des matières, il avait dû ouvrir quelque réservoir ou lac dont les eaux s'étaient écoulées; ou bien encore la lave, en se répandant à l'extérieur, avait coulé dans quelque lac ou réservoir et en avait fait déverser les eaux dans la rivière.

MONTAGNES DE L'ARAUCANIE.

Le siége des montagnes de l'Araucanie est, en général, de l'est à l'ouest; elles ne sont pas très élevées; aussi sont-elles couvertes de belles forêts. Les vallées ou plaines qui les séparent sont magni- fiques, bien arrosées; on trouve de l'eau partout.

PRODUITS NATURELS.

Les produits naturels de l'Araucanie, sont : les bois, du charbon de terre, des minéraux de toute nature, or, argent, cuivre, plomb, étain, fer, sel gemme, mercure, etc., etc.

FRUITS.

L'Araucanie produit de grandes quantités de pommes, des noisettes, des *nellhoux* ([1]), du cassis, des fraises en plein champ, sans culture; j'en ai remarqué de quatre espèces :

1º La petite fraise silvestre;

2º La fraise un peu plus grosse et longue;

3º La grosse fraise ronde;

4º La fraise muscat. Celle-ci est la plus rare.

([1]) Le *nellhou* est un fruit du péouen. Sa forme est longue et un peu triangulaire. Il a le goût de la châtaigne.

CULTURE.

On cultive le froment, l'orge, le maïs, la pomme de terre, les haricots, les fèves, les petits pois, les lentilles, le lin, le tabac. Malheureusement on est dépourvu de tous les instruments agricoles; on n'a qu'une mauvaise araire composée de deux morceaux de bois.

ANIMAUX DOMESTIQUES.

On élève le bœuf, le cheval, le mulet, l'âne, le mouton, la chèvre, le porc, le coq, le chien, le chat, tous les animaux européens.

ANIMAUX SAUVAGES.

On remarque le poumac, qui attaque le cheval, le bœuf, mais rarement le bœuf, parce que celui-ci se défend et que son ennemi n'est pas assez fort pour le vaincre. Il y a aussi le chat sauvage, le renard; mais aucun animal dangereux pour l'homme.

INDUSTRIE DES HOMMES.

Ils font les selles, les brides, les *lazos*, tout ce qui est nécessaire pour monter à cheval; les plats et les cuillères en bois. Ils travaillent l'argent et le fer.

INDUSTRIE DES FEMMES.

Elles tondent la laine, la filent, la tissent, la

teignent et font des vêtements pour les deux sexes. Elles font aussi de la poterie et s'occupent des travaux de ménage.

MAISONS ARAUCANIENNES.

Quand on connaît une maison, on les connaît à peu près toutes, sauf quelques rares exceptions. En voici la description :

On plante deux ou trois pieds-droits ou un plus grand nombre, selon la longueur que l'on veut donner à la maison. Ces pieds-droits ont six à sept mètres de longueur, ils sont terminés en fourche dans le haut, afin de supporter de grosses barres qui servent de faîtes à la toiture. Ces pieds-droits sont plantés dans la direction de l'est à l'ouest. Après la première consolidation qu'ils reçoivent dans le sol, on les assujettit avec de grosses barres transversales dans la direction de la longueur, à une hauteur d'environ deux mètres au-dessus du sol. Puis on monte des traverses destinées à soutenir le faîte de la toiture.

A droite et à gauche des pieds-droits, et à une distance d'environ trois ou quatre mètres, on plante d'autres pieds-droits moins gros, d'une hauteur d'environ un mètre et demi au-dessus du sol. On les consolide avec des traverses. Derrière les pieds-droits et immédiatement à côté on plante de jeunes tiges longues et flexibles, que l'on attache d'abord au treillage qui forme le côté extérieur de la maison,

puis on les ramène par le haut au faîte de la toiture
et on les fixe. On les consolide encore par de nouvelles traverses de distance en distance depuis le
bas de la toiture jusqu'au faîte. Le tout est attaché
avec des lianes des forêts.

On fait deux portes; l'une à l'est, l'autre à l'ouest.
Un cuir de cheval ou de bœuf sert de porte à
chacune.

On laisse deux trous, en forme de cheminée sous
le faîte de la toiture, l'un à l'est, l'autre à l'ouest.
La fumée s'échappe par là.

Quand la charpente de la maison est terminée, on
ferme les côtés avec des roseaux et on couvre la
toiture de même. Lorsque la maison est bien faite,
elle garantit parfaitement du vent et de la pluie.

INTÉRIEUR DE LA MAISON.

Les lits comme les maisons sont presque tous
semblables. Ils sont placés à droite et à gauche,
contre les parois, dans le sens de la longueur, de
sorte qu'il reste au milieu un carré long dans toute
la longueur. Cet espace communique aux deux
portes d'entrée à l'est et à l'ouest; il est masqué
seulement par les pieds-droits qui retiennent la
charpente.

Les lits sont faits de la manière suivante :

Quatre bûches d'une longueur d'environ 50 cen-
timètres, pointues d'un côté qui est enfoncé en
terre; l'autre bout est terminé par une fourche. Ces

quatre bûches forment un carré long peut-être un peu plus grand que les lits européens. Deux barres sont placées sur ces quatre fourches dans le sens de la longueur. Des traverses sont mises sur ces deux barres et attachées avec des lianes ou des morceaux de cuir. Le tronc d'un jeune arbre, coupé de la largeur du lit, est placé à la tête et forme le traversin. Un cuir de cheval ou de bœuf est étendu sur le lit. Des peaux de mouton avec leur laine sont étendues sur le cuir, ainsi que sur le traversin, et forment le matelas. Une couverture de laine est mise sur ces peaux. Elle remplace le premier drap de lit. Une deuxième couverture est placée sur celle-ci : c'est le deuxième drap de lit; puis d'autres couvertures.

Quelquefois les lits sont faits sur deux longues poutres couchées à terre de chaque côté de la paroi dans le sens de la longueur; on met des traverses sur ces poutres et on y fait des lits.

Les lits sont séparés en général par un espace d'environ un mètre. Cet espace sert de débarras, où l'on place les selles, les brides, les *lazos*, etc. Un côté du lit est fermé par la paroi de la maison, les trois autres côtés sont fermés avec des cuirs, de sorte que chaque lit forme une alcôve.

Deux ou trois familles logent en général dans chaque maison. Elles se composent des diverses femmes du maître de celle-ci et de leurs parents.

Chaque famille fait un feu à part. Les feux sont

faits en ligne droite des pieds-droits qui soutiennent la charpente.

Pendant l'hiver et lorsqu'il pleut, chaque famille s'assied autour de son feu sur des peaux de mouton étendues par terre. Les hommes croisent les jambes, les femmes s'asseyent sur la cuisse droite ou gauche et ramènent les talons vers le buste.

Durant l'été, les Indiens logent dehors, en général du côté de l'entrée de l'est de la maison, où ils se font un abri ainsi qu'il suit. Ils plantent plusieurs pieds-droits d'une hauteur d'environ deux mètres au-dessus du sol. Sur ces pieds-droits on met des traverses et par dessus des branches vertes. Les quatre côtés ne sont point fermés. C'est là-dessous qu'ils mangent, reçoivent et dorment; mais le feu est fait à l'intérieur de la maison.

CUISINE.

La cuisine consiste en viande bouillie et rôtie. On mange la viande du bœuf, du cheval, du mouton, quelquefois du mulet. On fait très peu de pain ; c'est un mets de luxe.

Les Indiens sont très friands des légumes, et lorsque l'époque arrive, ils ne mangent presque plus de viande, tant qu'ils durent. Ce sont les femmes qui font la cuisine et qui servent.

USAGES DE FAMILLE.

Le beau-père n'adresse jamais la parole aux

femmes de ses fils, bien qu'ils vivent sous le même toit. Ses brus lui servent à manger, mais sans lui dire un mot.

Entre le gendre et la belle-mère, c'est encore plus fort. Non seulement le gendre n'adresse pas la parole à sa belle-mère, mais il ne veut pas la voir. Lorsque la belle-mère vient visiter sa fille, si le gendre est avec celle-ci, il s'en va immédiatement avec une autre de ses femmes. Si celle-ci est dans la même maison, elle suspend des couvertures en forme de cloison entre les deux femmes, pour que le mari ne voie pas sa belle-mère. Si par hasard les deux belles-mères arrivent en même temps, l'Indien quitte la maison et va chez un parent ou un ami.

La femme reçoit très bien sa mère et la traite avec les plus grands égards. Son mari n'y met aucun empêchement, seulement il ne veut pas la voir.

VISITE.

Quand un hôte arrive, il est toujours annoncé par une troupe de chiens de garde qui courent à son cheval en aboyant. Un Indien sort pour le recevoir. C'est l'habitant de la maison qui salue le premier. L'arrivant répond à son salut, et il ne descend de cheval que quand il est invité à le faire.

Pendant ce temps, une Indienne lui prépare un siège dans l'intérieur de la maison. Ce siège consiste en une peau de mouton et une couverture par dessus si le visiteur a de l'importance, c'est-à-dire s'il est riche. Lorsque le siége est prêt, l'Indien qui est sorti pour le recevoir, l'invite à entrer; il entre et va s'asseoir sans dire un mot à personne. Quand il est assis, le chef de la maison le salue, ensuite chaque membre de la famille en fait autant. Mais on ne lui dit point bonjour ni bonsoir comme nous le faisons, ni aucune expression analogue. S'ils sont parents, ils disent mutuellement le mot qui signifie le degré de parenté. Par exemple : le fils dit à son père *Thiâou* (père) et le père répond *Wotoun* (fils); si c'est le gendre qui salue le beau-père, il lui dit *Thiercouhi*; l'expression entre beau-père et gendre est la même. Les frères du marié traitent également le beau-père de celui-ci de *Thiercouhi*.

S'ils sont beaux-frères, ils se disent *Quinpou* (beau-frère); s'ils sont frères, ils se disent *Pegny* (frère).

Les femmes ne saluent pas de la même manière que les hommes. Elles disent *Hêt*, à moins qu'elles veuillent honorer celui qu'elles saluent; dans ce cas, elles lui disent *Thiâou*.

Lorsque les salutations ordinaires sont finies, le visiteur raconte les nouvelles de sa famille, en ce qui concerne la santé de chaque personne; puis les détails de son voyage, et enfin il arrive au motif qui l'amène.

Pendant la conversation, la femme qui gouverne le feu où le visiteur est assis, lui prépare à manger, si ce n'est pas l'heure du repas de famille. Si c'est l'heure, il déjeune ou il dîne en même temps que les autres. Après le repas, on lui donne du *murquet* (¹) dans une écuelle en bois, avec une cuillère ordinaire en argent ou en fer; on lui sert aussi de l'eau dans une cruche.

S'il vient de loin, une Indienne lui prépare un *requeltou*. Le requeltou consiste en un grand plat en bois que l'on renverse; on met sur le fond extérieur une peau de mouton doublée en deux et une couverture par dessus; on porte le tout à côté de l'hôte, et celui-ci appuie son coude droit ou gauche, selon qu'on l'a placé à droite ou à gauche.

RELIGION DES ARAUCANIENS.

Les Araucaniens croient en Dieu et à l'immortalité de l'âme; mais ils n'ont point de culte déterminé, ni personne pour les diriger dans un principe de religion quelconque. Ils adorent principalement le soleil, vers lequel ils se tournent pour invoquer Dieu. Viennent ensuite des hiéroglyphes; toutes les fois qu'ils passent à côté, ils laissent des offrandes et font une prière. Les offrandes qu'ils font n'ont aucune valeur réelle, sauf quelquefois des fruits ou un peu de farine. Les autres offrandes

---

(¹) Le *murquet* est de la farine de blé grillé dans une marmite avec du sable pour empêcher qu'il se brûle et pour faciliter sa cuisson. Puis on sépare le sable du blé et on moud celui-ci entre deux pierres.

consistent en des morceaux de chiffons d'étoffe ou
de petits bouts de branches d'arbre ou arbuste.
Ces offrandes sont déposées respectueusement à
côté des hiéroglyphes ou dans des trous dis-
posés pour les recevoir. Ils font une prière et ils se
retirent.

Ils adorent aussi tout ce qui leur paraît étrange:
une montagne, un volcan, une pierre qu'ils ren-
contrent par hasard et qui ne ressemble pas aux
autres; un oiseau gros et grisâtre : quand ils
l'aperçoivent, ils font une prière.

Lorsqu'ils ont des questions importantes à
résoudre, une question de guerre, par exemple, ils
font une grande cérémonie religieuse qu'ils appel-
lent *Néliatoun*. Le jour et le lieu sont déterminés
d'avance. Le chef de la tribu où le *Néliatoun* doit
avoir lieu, fait prévenir ses administrés de s'y
rendre, d'y porter des vivres et d'y conduire des
animaux pour les offrir en sacrifice. Les tribus
voisines sont invitées à y assister.

Dès la veille ou l'avant-veille, le chef de chaque
famille fait préparer ce qu'il veut offrir. Ce sont les
femmes qui font les préparatifs; elles font des boissons avec du blé, du maïs, de l'orge, des petits pois,
etc., etc. Ces boissons contiennent des farineux; il
en résulte qu'il y a pour boire et pour manger.

Les autres aliments consistent en viandes
bouillies, bœuf, cheval ou mouton. Les viandes
cuites sont mises dans des paniers ou enveloppées

dans des cuirs et portées ainsi sur une bête de somme au *Néliatoun*. Les moutons destinés à être offerts en sacrifice y sont portés vivants sur des chevaux. Le jour de la cérémonie, tous les assistants prennent leurs plus beaux vêtements, leurs plus belles parures. Le cheval est également paré de tout ce que le maître a de plus beau; la selle est ornée de plaques d'argent derrière et devant; les étriers sont en argent, les étrivières passées dans des tuyaux d'argent; le poitrail du cheval est orné de plaques d'argent retenues à droite et à gauche par la selle. Le mors est également en argent; les éperons sont du même métal et très grands.

Les femmes se revêtent aussi de leurs plus beaux vêtements et de leurs plus belles parures.

CÉRÉMONIE DU NÉLIATOUN.

Un peu avant l'heure indiquée, le chef de la tribu et ses hommes pouvant porter les armes montent à cheval et se rendent au *Néliatoun*, les premiers pour recevoir et faire les honneurs de leur tribu aux habitants des tribus voisines qui viennent y prendre part. Ils restent à cheval et se mettent de front sur un rang. Bientôt les invités arrivent par groupes dans toutes les directions. A mesure de leur arrivée, ils passent à cheval devant le chef de la tribu du *Néliatoun* et de ses hommes, et ils les saluent. Les salutations se font personnellement et non collectivement et de la manière que j'ai indiquée.

Lorsque tout le monde est arrivé et que les salutations sont terminées, on forme un premier rang en cercle. Un deuxième rang vient se placer derrière celui-ci, et ainsi de suite. Les orateurs qui doivent parler passent au milieu, dans l'espace laissé libre par le premier rang qui forme la circonférence; ils parlent du motif qui les amène, de la question qui les occupe. Lorsqu'ils se sont entendus, ils disent qu'il faut prier Dieu le père Tout-Puissant de leur porter secours et de les faire triompher. Et, afin d'être agréables à Dieu, ils lui offrent en sacrifice tant de têtes de bétail. Alors on fait amener les moutons qui doivent être sacrifiés, on les égorge. Les sacrificateurs prennent du sang dans la main droite, ils le jettent par terre en faisant une prière, et tous les assistants en font autant. On dépouille les moutons, on plante des branches d'arbres sur le lieu même du sacrifice et on y tend les peaux. Elles restent là jusqu'à ce que le tout tombe en morceaux. Quant à la viande des moutons, elle est distribuée aux chefs des tribus voisines, qui l'emportent chez eux à titre de souvenir.

Après cette cérémonie, tout le monde descend de cheval et s'assied à terre, par groupe, sur des couvertures ou peaux de mouton que chaque cavalier prend à sa selle. Le festin commence; les viandes cuites dès la veille sont distribuées, ainsi que les boissons; on mange, on boit, et puis tout le monde remonte à cheval, et chacun revient chez soi.

Les femmes ne prennent point part d'une manière publique au *Néliatoun*. Leur rôle se limite à garder les vivres et à les distribuer. Cela ne veut pas dire qu'elles n'aient pas d'influence; mais elles ne le font pas connaître en public.

MARIAGE.

Le mariage et la famille sont parfaitement établis en Araucanie. Le mauvais côté est la polygamie. L'Araucanien peut prendre autant de femmes qu'il peut en nourrir et payer aux parents.

Le mariage commence par l'enlèvement de la femme; quelquefois il se fait volontairement et quelquefois par force.

L'enlèvement volontaire a lieu lorsque les deux futurs se connaissent déjà et sont *inacoudoun* (amoureux) l'un de l'autre. Si la jeune fille peut parvenir, sans surprise, à s'emparer du mouchoir qui entoure la tête de l'Indien et à le garder, c'est un compromis pour le mariage, c'est lui dire qu'elle est *inacoudoune* (amoureuse) de lui et qu'elle veut l'épouser.

L'Indien prend immédiatement un cheval, monte dessus; on lui met la fille en croupe, et il la conduit chez un parent à elle ou chez un ami. De là il envoie un ou deux négociateurs auprès du père de la jeune fille pour traiter du prix. Le père demande tant de têtes de bétail, d'éperons, de mors de brides, d'étriers, de vêtements, etc., etc.

Les intermédiaires reviennent auprès du futur et lui font connaître le prix demandé. Si le futur le trouve trop élevé, il fait ses observations. Les délégués reviennent chez le père et lui font part des objections. Cela dure jusqu'à ce qu'ils sont d'accord tant sur le prix que sur l'époque du paiement. Ils comptent les époques par lunes et par années, comme nous les comptons par mois et par années.

A partir de la convention du paiement et par conséquent du mariage, la nouvelle mariée n'a plus le droit de revenir chez son père jusqu'à ce que le mari vienne le payer.

Pendant l'époque qui lui est accordée pour le paiement, l'Indien se procure, s'il ne les a pas lui-même, les ressources pour payer sa femme. A l'époque du paiement, il fait dire à son beau-père qu'il viendra le payer un jour qu'il fixe. Le jour convenu, il vient avec sa femme, ses parents et amis; ils amènent la dot convenue pour payer la nouvelle mariée. Le beau-père reçoit sa fille, son gendre, leurs parents et amis. De son côté, il a invité ses parents et ses amis, et ce jour-là on fait la fête nuptiale ou les noces, *mâvoun*. La belle-mère se cache ou se tient à l'écart, de manière à ne pas être vue de son gendre.

Le père de la mariée fait abattre plusieurs têtes de bétail, selon la quantité de personnes qui assistent au *mâvoun* (noce).

Les femmes étendent des peaux de mouton par terre, avec des couvertures en laine par dessus, sur deux rangées parallèles, comme s'il y avait une table au milieu. Les invités viennent s'asseoir sur ces siéges vis-à-vis les uns des autres, et les conversations s'engagent en attendant le repas. Celui-ci prêt, les femmes le servent dans des plats en bois avec des cuillères aussi en bois et des couteaux ordinaires qu'ils font eux-mêmes ou qu'ils achètent. La fourchette est inconnue; ils prennent la viande avec les doigts de la main gauche et la coupent avec le couteau qu'ils tiennent de la main droite.

Lorsqu'ils ont fini de manger, ils s'essuient les mains avec un ou deux chiffons qu'on fait circuler et qui servent à tout le monde. C'est déjà un progrès; car dans le principe de mon introduction chez eux, je les avais vus s'essuyant les mains à leurs bottes. Ceux qui n'en avaient pas, les essuyaient à leurs jambes ou à leurs pieds. Ils m'ont vu m'essuyer les mains avec une serviette, de là l'idée de se servir de chiffons, faute de serviettes.

Après le manger, viennent les boissons fermentées; car ils ne boivent pas pendant le repas.

Lorsque le festin est fini, la nouvelle mariée vient s'asseoir avec ses parents. Ceux-ci lui font des cadeaux; ce sont les hommes qui commencent, puis les femmes. On lui donne, pour commencer son ménage : une petite marmite en fonte ou en terre, une écuelle en bois, une cuillère de même, quelquefois en argent, un couteau, des vêtements, des parures en argent, des perles en verre, etc. Le père

ou un proche parent lui donne un cheval avec tout
ce qui est nécessaire à une femme pour monter à
cheval et pour l'attacher.

Chaque cadeau est accompagné d'un discours qui
a toujours la même base. Ils exhortent les nouveaux
mariés à se bien conduire l'un envers l'autre. Ils
recommandent à la femme de bien tenir sa maison,
de préparer la nourriture et les vêtements. Chacun
termine en priant Dieu de répandre le bonheur et
la prospérité sur eux et leur postérité. Cette cérémonie terminée, chacun monte à cheval et se retire
paisiblement chez soi.

ENLÈVEMENT DE FORCE ET PAR SURPRISE.

Si la jeune fille qui consent à se faire enlever avec
l'assentiment de ses parents éprouve une satisfaction de se voir emmener par celui qu'elle aime,
évidemment celle qui se voit enlever de force et par
surprise par un homme qu'elle ne connaît pas et par
conséquent qu'elle n'aime pas, doit éprouver la plus
grande peine.

Cela arrive lorsqu'un Indien de tout âge voit une
jeune fille qui lui convient; alors il forme ses
projets pour l'enlever. Il invite quelques amis pour
procéder à l'enlèvement. Ils conviennent du jour
ou de la nuit où cet enlèvement doit être fait; mais
c'est presque toujours dans la nuit. A l'époque
indiquée, ils montent tous à cheval et ils se rendent
à la maison de celle qui fait l'objet de leur préoccu-

pation. Arrivés, ils mettent pied à terre, et ils entourent la maison pour empêcher que la fille ne leur échappe. Ils annoncent qu'ils viennent pour enlever la fille qu'ils désignent.

Les femmes commencent à se lamenter et à cacher la fille. Le prétendant, suivi d'un ou deux de ses amis, entre dans la maison; alors commence un véritable vacarme; les femmes, surtout la mère, leur jettent des tisons, de l'eau bouillante ou froide, tout ce qui se trouve à leur portée. Les ravisseurs ne s'occupent nullement de ce que les femmes leur disent ou leur jettent. Ils n'ont qu'une pensée: c'est de trouver la fille. Lorsqu'ils l'ont trouvée, ils la portent ou la traînent dehors. Elle crie comme si on l'écorchait; mais lorsqu'elle est sur le seuil de la porte, les autres femmes n'ont plus le droit de s'opposer à l'enlèvement.

Pendant que la fille est dans la maison, son père et les autres hommes, frères, oncles ou beaux-frères ne disent rien; mais lorsqu'elle est hors du seuil de la porte, ils sortent et demandent qui l'enlève. On le leur dit. Si le ravisseur leur convient et s'il est assez riche pour payer sa femme, ils ne s'opposent plus à l'enlèvement, et dès le lendemain il y a des négociations pour débattre le prix, absolument comme si elle avait été enlevée volontairement. Mais si le ravisseur est pauvre, le père et les autres hommes s'opposent à l'enlèvement de la fille, et il ne s'agit plus de tisons, ou d'eau chaude ou froide, mais de rixes très sanglantes; si le ravisseur parvient à enlever la fille quand même, les parents montent à cheval et ne quittent pas le couple jusqu'à ce que l'enleveur ait trouvé une ou plusieurs cautions suffisantes pour payer la dot. Lorsque le prix est convenu et l'époque fixée, l'enlèvement est définitif. La suite a lieu comme si elle avait été enlevée volontairement.

Les Araucaniens facilitent beaucoup le mariage. Le jeune homme qui ne possède absolument rien et qui veut se marier trouve toujours, par l'inter-médiaire de ses parents ou de ses amis, une dot pour payer les parents de la femme qu'il épouse.

Malgré la polygamie et les facilités du mariage, il y a des filles qui ne se marient point; cela tient à ce qu'elles sont plus nombreuses que les hommes. Je crois qu'il naît plus de filles que de garçons; mais la véritable cause de la disproportion se trouve dans les guerres que les Indiens ont à soutenir contre les Chiliens, où il reste toujours des hommes sur le champ de bataille, tandis que les femmes sont moins exposées.

NAISSANCE DE L'ENFANT.

Il y a une tradition au Chili qui est complètement fausse. On prétend que les Araucaniennes vont faire leurs couches sur le bord d'un ruisseau; qu'ensuite elles entrent dans l'eau pour se laver avec leur nouveau-né et qu'elles reviennent ensuite à leurs occupations habituelles. C'est une fable. La femme qui est sur le point de donner le jour à un enfant se rend presque toujours chez sa mère pour être mieux soignée. Elle reste parfaitement dans la maison pour faire ses couches et on l'entoure de soins autant qu'on le peut, comme dans les pays les plus civilisés.

Ce qu'il y a de certain, c'est que le mari n'assiste presque jamais aux couches de sa femme, surtout si elle va chez sa mère, par la raison que le gendre ne veut pas voir sa belle-mère, comme je l'ai déjà dit.

J'ai cherché, comme on le pense, à savoir quel était le motif qui suscite une telle inimitié entre le gendre et la belle-mère. On m'a donné les raisons que voici : Je ne puis pas voir la femme qui a voulu me brûler et me noyer, lorsque j'allai pour prendre sa fille dont j'étais *inacoudoun* (amoureux). On ajoute : Nos ancêtres ont toujours fait comme cela. De sorte que c'est un usage qui se perd dans la nuit des temps.

J'ai cherché également à savoir pourquoi le beau-père et ses belles-filles ne s'adressent pas la parole. On m'a dit que c'est par respect, et que leurs ancêtres ont toujours fait de même.

Les Araucaniennes sont bonnes nourrices et soignent bien leurs enfants.

BAPTÊME.

L'enfant est baptisé par le père ou le grand-père

ou par un proche parent. Il est tenu par un parrain et une marraine. On coupe l'oreille d'un agneau, et avec le sang qui en découle on fait des croix sur le front et sur les joues de l'enfant. La cérémonie a lieu dans la matinée vers les neuf heures. Tous les assistants se tournent vers le soleil, et font des prières. La fête se termine par un petit festin de famille.

ENTERREMENT.

La sépulture n'a lieu que quelque temps après le décès. Ce temps est plus ou moins long, suivant l'importance du décédé. Si c'est un chef, on attend deux ou trois mois. Pour éviter la décomposition, on le met sur une espèce de civière après l'avoir enveloppé de linge; on suspend la civière et les restes mortels à une hauteur d'environ deux mètres du sol. On allume du feu dessous et on l'entretient nuit et jour, de sorte qu'on le fait sécher; on évite ainsi les miasmes fétides et la décomposition.

Les femmes, parentes ou non, vont s'accroupir autour du feu et pleurent sur un ton difficile à rendre. C'est une espèce de chant-pleurant. Après avoir pleuré un bon moment, elles se retirent et cessent de pleurer; d'autres viennent et en font autant.

Durant l'espace de temps qui s'écoule entre le décès et l'enterrement, des courriers sont envoyés à tous les autres chefs pour leur annoncer la mort de celui qui n'est plus et les inviter à venir à son enterrement, qui aura lieu à une époque qu'ils déterminent.

D'autres Indiens vont dans les bois couper un arbre assez gros pour en faire une auge; ils la creusent avec des haches, puis font un couvercle également en bois. D'autres creusent la fosse pour recevoir le cercueil. On renferme la fosse dans un carré bien clos avec de grosses bûches d'une hauteur d'environ un mètre au-dessus du sol. Deux arbres, d'une hauteur d'environ 3 mètres au-dessus du sol, sont plantés aux deux extrémités de la fosse. Le haut est en forme de fourche; une grosse barre est mise en travers sur ces deux fourches, et, par conséquent, dans le sens de la longueur de la fosse.

Deux ou trois jours avant l'enterrement, les femmes de la tribu du défunt préparent des boissons fermentées et des vivres pour les assistants.

Le jour de l'enterrement, le peuple vient de toutes les directions; il se réunit à la maison du décédé; celui qui le remplace, qui est en général son fils aîné, le reçoit. Quand les chefs invités, ou leurs délégués, sont arrivés, on descend la civière et on place le corps dans l'auge. Alors, en présence de toute l'assistance, on abat son plus beau cheval de guerre pour qu'il puisse, disent-ils, lui servir pour faire son voyage dans l'autre monde. On l'écorche; puis on porte le tout séparément dans la fosse.

Les discours commencent; on fait le récit de ses hauts faits d'armes et de ses bonnes actions. On dit des prières, puis on descend le cercueil dans la fosse et on le couvre de terre.

La peau du cheval est tendue en long sur la barre qui est au-dessus de la fosse; le poil est à l'extérieur et la tête est tournée au levant, du même côté que celle du défunt.

Une lance est plantée à chaque angle de la tombe : ce sont les signes qui indiquent qu'un chef est enterré là.

La cérémonie se termine par un festin, auquel assistent tous les invités.

Les autres enterrements sont faits de la même manière, moins l'importance qu'on y met. Si c'est un officier, on met deux lances à sa tombe; si c'est un simple soldat, on n'en met qu'une. Si c'est une femme ou un enfant, on n'y met aucun signe extérieur, et on ne garde le corps que quelques jours, le temps de prévenir les parents.

MODE DE COMPTER.

Le mode de compter des Araucaniens est très facile, comme on va le voir. Ils comptent jusqu'à dix; puis, à chaque dizaine, ils recommencent toujours en employant la dizaine ou les dizaines qui précèdent et qu'ils font suivre des unités jusqu'à ce qu'ils aient formé une autre dizaine.

Le voici :

1	Quinié.	41	Mely Mari Quinié.
2	Epoux.	42	Mely Mari Epoux.
3	Quela.	43	Mely Mari Quela.
4	Mely.	44	Mely Mari Mely.
5	Quethiou.	45	Mely Mari Quethiou.
6	Cayou.	46	Mely Mari Cayou.
7	Reulet.	47	Mely Mari Reulet.
8	Poura.	48	Mely Mari Poura.
9	Ayliac.	49	Mely Mari Ayliac.
10	Mari.	50	Quethiou Mari.
11	Mari Quinié.	51	Quethiou Mari Quinié.
12	Mari Epoux.	52	Quethiou Mari Epoux.
13	Mari Quela.	53	Quethiou Mari Quela.
14	Mari Mely.	54	Quethiou Mari Mely.
15	Mari Quethiou.	55	Quethiou Mari Quethiou
16	Mari Cayou.	56	Quethiou Mari Cayou.
17	Mari Reulet.	57	Quethiou Mari Reulet.
18	Mari Poura.	58	Quethiou Mari Poura.
19	Mari Ayliac.	59	Quethiou Mari Ayliac.
20	Epoux Mari.	60	Cayou Mari.
21	Epoux Mari Quinié.	61	Cayou Mari Quinié.
22	Epoux Mari Epoux.	62	Cayou Mari Epoux.
23	Epoux Mari Quela.	63	Cayou Mari Quela.
24	Epoux Mari Mely.	64	Cayou Mari Mely.
25	Epoux Mari Quethiou.	65	Cayou Mari Quethiou.
26	Epoux Mari Cayou.	66	Cayou Mari Cayou.
27	Epoux Mari Reulet.	67	Cayou Mari Reulet.
28	Epoux Mari Poura.	68	Cayou Mari Poura.
29	Epoux Mari Ayliac.	69	Cayou Mari Ayliac.
30	Quela Mari.	70	Reulet Mari.
31	Quela Mari Quinié.	71	Reulet Mari Quinié.
32	Quela Mari Epoux.	72	Reulet Mari Epoux.
33	Quela Mari Quela.	73	Reulet Mari Quela.
34	Quela Mari Mely.	74	Reulet Mari Mely.
35	Quela Mari Quethiou.	75	Reulet Mari Quethiou.
36	Quela Mari Cayou.	76	Reulet Mari Cayou.
37	Quela Mari Reulet.	77	Reulet Mari Reulet.
38	Quela Mari Poura.	78	Reulet Mari Poura.
39	Quela Mari Ayliac.	79	Reulet Mari Ayliac.
40	Mely Mari.	80	Poura Mari.

81 Poura Mari Quinié.	92 Ayliac Mari Epoux.
82 Poura Mari Epoux.	93 Ayliac Mari Quela.
83 Poura Mari Quela.	94 Ayliac Mari Mely.
84 Poura Mari Mely.	95 Ayliac Mari Quethiou.
85 Poura Mari Quethiou.	96 Ayliac Mari Cayou.
86 Poura Mari Cayou.	97 Ayliac Mari Reulet.
87 Poura Mari Reulet.	98 Ayliac Mari Poura.
88 Poura Mari Poura.	99 Ayliac Mari Ayliac.
89 Poura Mari Ayliac.	100 Pataca.
90 Ayliac Mari.	1000 Waranca, et ainsi de
91 Ayliac Mari Quinié.	suite.

POLITIQUE ENTRE LE CHILI ET L'ARAUCANIE.

Le Chili veut soumettre les Araucaniens ou les exterminer. Les Araucaniens ne consentent ni à l'une ni à l'autre de ces deux conditions; ils veulent bien recevoir les éléments de la civilisation, mais ils veulent les recevoir directement en gardant leur indépendance.

FRONTIÈRE.

La frontière qui sépare le Chili d'avec l'Araucanie est gardée par des fortins assez rapprochés pour que les boulets de canon se croisent.

Une population flottante composée de marchands vient s'établir autour des fortins. Puis, quelques travailleurs.

PROVOCATION.

Le Chili provoque les Araucaniens de plusieurs manières :

1° Par l'empiètement. Il permet et incite, au

besoin, les individus à s'établir au-delà de la frontière, sur le territoire araucanien, afin d'exciter les Indiens à venir les saccager pour avoir ainsi un prétexte d'avancer la frontière.

Les chefs indiens, qui sont fixés à ce sujet, prennent patience et défendent à leurs administrés d'aller détruire ou voler quoi que ce soit. Malgré cela, il y a des voleurs, comme dans tous les pays du monde, et il arrive quelquefois qu'ils vont voler des têtes de bétail. Les chefs araucaniens font rechercher les voleurs, qu'ils obligent à remettre le bétail volé ou la même quantité. S'ils n'ont pas de quoi, leurs parents sont obligés de payer pour eux.

2° Les chefs araucaniens ne donnent pas de motifs pour provoquer la guerre; alors des Chiliens vont saccager une ou plusieurs maisons des leurs parmi celles qui sont le plus avancées du côté des Indiens. Après avoir volé ce qu'ils peuvent, ils incendient la maison et quelquefois massacrent les habitants. Ces crimes sont mis à la charge des Araucaniens. Tous les journaux chiliens croient cette infâme calomnie, et ils insèrent tous ces faits en les exagérant et en taxant les Araucaniens de barbares, d'assassins, d'incendiaires. Ils crient par dessus les toits qu'il faut avancer la frontière pour protéger les habitants; mais au préalable il faut châtier ces misérables bandits. Le gouvernement est-il dupe? Je ne saurais l'affirmer; mais je crois que le public l'est, car il croit que c'est la vérité.

Les chefs araucaniens protestent de leur inno-
cence. Ils disent qu'ils n'ont commandé aucune
incursion; mais comme ils sont illettrés, ils n'ont
aucun moyen de réfuter publiquement les calomnies
qu'on leur impute. Leurs protestations ne dépassent
pas la frontière. Une invasion de la part du Chili
est bientôt décidée et préparée pour aller venger
sur des innocents les crimes commis par les Chiliens
eux-mêmes.

LA GUERRE.

Les Chiliens entrent en campagne en général
vers le mois de janvier, époque de la maturité des
récoltes. Ils volent tout ce qu'ils peuvent. Ils tuent
les Indiens qui tombent en leur pouvoir, y compris
les vieillards des deux sexes. Les femmes jeunes et
les enfants sont seuls épargnés, et ils les emmènent
en captivité. Les maisons et les récoltes sont incen-
diées. Tout est mis à feu et à sang. Ils ne laissent
sur leur passage qu'une ruine complète.

Les Araucaniens exercent de justes et légitimes
représailles; mais pas une âme au Chili ne les
défend. De ce qu'ils ne veulent pas se dépouiller de
tout ce qu'ils possèdent en faveur des Chiliens et se
livrer à l'état de domesticité, pour servir leurs bourreaux et leurs voleurs, ce sont des barbares.

Les gouvernements européens font faire des
enquêtes sur les atrocités commises par les Russes
et les Turcs. S'ils en faisaient autant pour ce qui se

passe entre le Chili et l'Araucanie, le Chili serait
mis à l'index de toutes les nations civilisées.

Il faudrait que cette enquête fût faite par des
hommes indépendants, intègres et versés dans la
connaissance des mœurs araucaniennes.

ŒUVRE DE CIVILISATION.

L'œuvre de civilisation, pour laquelle j'ai épuisé
ma santé et mon avoir, aurait profité à tous les
peuples. Elle aurait fait cesser les guerres de représailles entre le Chili et l'Araucanie, qui durent
depuis la découverte du Chili. Au lieu de rire et de
m'écraser sous le poids du ridicule, comme l'a fait
une certaine presse, si on m'avait secondé tant soit
peu, aujourd'hui les portes de l'Araucanie seraient
ouvertes à la civilisation; il y aurait des églises et
des écoles dans toutes les principales tribus des
Indiens, qui m'avaient reconnu pour leur chef.
L'agriculture et toutes les branches d'industrie
seraient en progrès. De nouveaux débouchés pour
le commerce d'exportation et d'importation seraient
ouverts.

J'aurais procuré des milliers d'emplois et d'occupations à des personnes qui sont peut-être, comme
moi, dans le malheur et le besoin, mais non au même
titre; car je suis une exception seule et unique. Et

parmi ceux qui ont été mes plus ardents ennemis,
il y en a peut-être qui seraient très contents d'avoir
un abri et une position assurée dans les pays dont
j'étais le chef.

Les Indiens, protégés par un traité de paix et
retenus par l'agriculture et autres occupations
honorables et lucratives, ne seraient plus provoqués
à faire des incursions chez leurs voisins, les Chiliens
et les Argentins. Ces deux républiques n'auraient
pu qu'y gagner.

Pendant que j'étais à l'hôpital Saint-André de
Bordeaux, les journaux de Paris me firent mourir
et enterrer. Après ma prétendue mort, j'ai vu une
partie de ce qu'ils ont dit. Presque tous, du moins
ceux que j'ai lus, m'ont été sympathiques; ils ont
manifesté les regrets de ne m'avoir pas aidé
lorsqu'ils auraient dû le faire.

Mais, puisque je ne suis pas mort, ils peuvent
faire amende honorable et réparer ainsi, dans la
mesure du possible, le mal qu'ils m'ont fait, en ce
qui me concerne personnellement. Les journaux
qui m'ont été contraires peuvent reconnaître leur
tort; ceux qui ont gardé le silence et, par conséquent, approuvé les autres implicitement, peuvent
reconnaître leur erreur; car en présence d'une belle
et noble action, les âmes bien pensantes ne doivent
pas la laisser écraser sans combattre les malveillants.

Quelques journaux ont fait des articles sérieux;
mais au milieu de la tourmente, qu'était-ce, sinon

quelques gouttes d'eau entraînées par un torrent bourbeux?

Tous les journaux, sans exception, devraient stimuler le public à me venir en aide, non pas seulement comme étant infortuné, malheureux et invalide, mais en me considérant comme l'initiateur d'une œuvre éminemment chrétienne, civilisatrice et commerciale.

Dans le courant du mois de mars dernier, je fis par la voie des journaux un appel au public. Il était ainsi conçu :

Monsieur le Rédacteur,

C'est sous les auspices de S. Ém. le cardinal Donnet, archevêque de la province ecclésiastique de Bordeaux, que j'ai l'honneur de présenter ma demande au public. Son Éminence a adhéré de la manière la plus gracieuse à ma souscription par la lettre ci-jointe, que vos lecteurs liront avec intérêt :

« Archevêché de Bordeaux,

» Bordeaux, 23 mars 1877.

» Monsieur,

» Depuis la visite que j'ai eu l'honneur de vous faire, je
» n'ai cessé de prier pour le rétablissement de votre santé.
» La grâce de Dieu aidant, j'espère que les soins pieux et
» dévoués qui vous entourent, auront raison de la maladie.
» Courage et confiance! En ce monde, il ne suffit pas d'avoir
» raison pour réussir; mais Dieu qui est juste a toujours
» une récompense de choix pour les entreprises généreuses
» et désintéressées. Ne sais-je pas d'ailleurs, pour l'avoir
» appris de votre bouche, que vous n'avez jamais séparé de

» votre pensée la cause des peuples dont vous vouliez être
» le régénérateur, de l'influence salutaire de l'Église?

» Mes paternelles sympathies vous sont acquises, Monsieur,
» et je voudrais que toutes celles que tant d'autres vous
» ont vouées, se manifestassent par une large participation
» à la souscription publique ouverte en votre faveur. Je
» m'inscris pour cinquante francs que je mets sous ce pli.

» Veuillez agréer, Monsieur, l'assurance de mes sentiments
» les plus affectueux et de ma considération la plus distin-
guée.

» † Ferdinand CARDINAL DONNET,
» *Archevêque de Bordeaux.*

» A. M. Orélie-Antoine de Tounens, à l'hôpital Saint-André,
» chambre n° 12. »

Dès mon enfance, en apprenant les premiers éléments
de la géographie, j'avais conçu le projet d'aller explorer la
partie du continent américain qui est au sud des républiques du Chili et de la Plata.

En 1858, je quittai la France pour aller mettre mon
projet à exécution. Mon but était de porter le christianisme, ainsi que tous les éléments de la civilisation, en
Araucanie et Patagonie, dont la population, suivant les
Indiens, est d'environ deux millions et demi d'habitants,
dispersés sur une étendue triple de celle de la France.

Ces populations m'avaient reconnu pour leur souverain.
C'est dans l'intérêt public que je me dévouais, puisqu'il
s'agissait d'ouvrir de nouvelles voies au christianisme, à
l'agriculture, au commerce et à toutes les branches d'industrie. En cette qualité, j'ai quelque droit à la reconnaissance
publique, sans distinction d'opinion, car tout le monde
en aurait profité directement ou indirectement.

Il serait trop long de reproduire les péripéties et les
malheurs qui m'ont frappé; mais, pour comble d'infortune, le 5 octobre dernier, je tombai gravement malade.

Le 21 octobre, j'entrai à l'hôpital Saint-Louis, à Buenos-Ayres, où j'ai été l'objet des soins les plus bienveillants.

Le 7 novembre j'étais agonisant; on me fit une opération qui me sauva la vie; mais je resterai invalide pour le reste de mes jours et dans l'impossibilité de travailler.

Grâce à la générosité de quelques Français fixés à Buenos-Ayres et à la bienveillance de M. le commandant Varangos, je m'embarquai pour la France le 26 janvier dernier, sur le paquebot *Parana*, des Messageries maritimes, où je fus aussi bien traité que les circonstances le permettaient, et j'arrivai à Bordeaux le 26 février. J'entrai à l'hôpital Saint-André.

Dans mes expéditions, j'ai dépensé tout mon avoir; je me trouve sans un coin de terre pour me retirer, sans une cabane pour m'abriter, sans ressources et sans pouvoir m'en procurer par un travail quelconque.

C'est dans cette douloureuse situation que j'ai l'honneur de m'adresser, sous le bienveillant patronage de S. Ém. le cardinal Donnet, à ceux qui ne sont pas indifférents aux malheurs d'un pionnier de la civilisation, pour les prier de me venir en aide au moyen d'une souscription.

Je prie les personnes qui s'intéressent à moi de me faire parvenir directement leur souscription.

Je vous prie, Monsieur le Rédacteur, d'insérer ma lettre dans votre estimable journal, et veuillez agréer, Monsieur, l'assurance de toute ma reconnaissance.

P^{ce} O.-A. DE TOUNENS.

Hôpital Saint-André, chambre n° 12 (1). — 23 mars 1877.

---

(1) Aujourd'hui à *Tourtoirac* (Dordogne).

Sa Grandeur Monseigneur de La Bouillerie, coadjuteur de Son Éminence le cardinal Donnet et archevêque de Perga, a eu également l'obligeance de me manifester ses sentiments et de prendre part à la souscription publique ouverte en ma faveur, par la lettre que voici :

« Bordeaux, le 1er avril 1877.

» MONSIEUR,

» J'ai gardé le souvenir de la visite que j'ai eu l'honneur
» de vous faire; elle m'a inspiré pour vous un très vif
» intérêt, dont je suis heureux de vous renouveler ici le
» témoignage : avec une énergie de caractère et de convic-
» tion aujourd'hui bien rare, vous avez entrepris d'aller
» porter à des populations lointaines et barbares le double
» bien de la religion et de la civilisation. Cette œuvre a été
» celle de toute votre vie : vous y avez épuisé vos efforts;
» et c'est seulement brisé par la violence des événements
» et par une maladie cruelle que vous êtes venu au milieu
» de nous, — demander à une hospitalité chrétienne un peu
» d'allégement à vos maux. Mes vœux sont avec vous, Mon-
» sieur, et je demande à Dieu de les bénir en persuadant
» aux âmes bordelaises, que je sais si sympathiques à
» toutes les souffrances, de venir en aide à votre noble
» infortune.
» Je vous remets ma modeste offrande et vous prie
» d'agréer, Monsieur, l'expression de mes sentiments très
» distingués et très dévoués.

» FRANÇOIS, ARCHEVÊQUE DE PERGA,
» *Coadjuteur de Bordeaux.* »

Je fis également un appel spécial à tous les avoués de France, mes anciens confrères, par la lettre-circulaire ci-contre :

A Monsieur le Président et à Messieurs les Membres
de la Chambre des Avoués de...

MESSIEURS ET ANCIENS COLLÈGUES,

Permettez-moi de vous exposer respectueusement les faits et circonstances qui m'obligent à m'adresser à vos bons cœurs.

Dès mon enfance, quand j'étudiais les premiers éléments de la géographie, j'avais conçu le projet d'aller explorer la partie du continent américain qui est au sud des républiques du Chili et de la Plata.

En 1858, je quittai la discussion des intérêts privés pour porter dans ce pays la civilisation et y ouvrir de nouvelles voies au commerce, à l'agriculture et à tous les éléments de prospérité. L'Araucanie et la Patagonie, grandes environ trois fois comme la France, sont habitées par des Indiens indépendants, dont la population s'élève à deux millions et demi d'habitants. Ces Indiens sont très civilisables et ne demanderaient qu'à vivre en paix, si leurs voisins voulaient respecter leur autonomie.

Les Indiens m'avaient reconnu pour leur souverain; le Chili s'en émut et organisa un guet-apens; mes interprètes et mon domestique me firent tomber dans ce piége, et me livrèrent aux autorités chiliennes, contre argent.

Ils saisirent l'occasion d'une entrevue qui devait avoir lieu pour la signature d'un traité de paix demandé par le Chili.

Ce ne fut qu'après de longues souffrances morales et physiques que je pus obtenir ma liberté.

En 1862, on me ramena par force en France, où j'arrivai en 1863. J'y fus encore victime de maints désagréments.

En 1869, je revins en Araucanie avec les ressources d'une tierce personne ; n'ayant pas les fonds à ma disposition, je ne pouvais pas agir comme il l'aurait fallu pour ouvrir des relations à l'extérieur.

J'avais nommé un ministère composé de cinq ministres. En 1871, je leur laissai la régence, et, de leur consentement, je revins en France pour essayer d'ouvrir des communications indispensables au commerce de l'exportation et de l'importation.

En France, j'eus encore maintes mésaventures, suscitées par le représentant du Chili. Enfin, au commencement de 1874, je trouvai une autre personne qui voulut bien faire un premier essai d'opérations commerciales, sur une mise de fonds et de marchandises d'une vingtaine de mille francs. Malheureusement encore, pour l'entreprise et pour moi, le bailleur de fonds envoyait deux agents qui disposaient de tout. Ils administrèrent les ressources et dirigèrent si mal l'opération, qu'ils ne surent que me compromettre' et me faire tomber entre les mains des autorités argentines. Un officier me fit mettre les fers aux pieds; on me garda cinquante-deux jours au secret et quatre mois et demi en prison. On m'accusait d'avoir attenté à la souveraineté de deux républiques. C'était complètement faux. Heureusement pour moi, j'eus affaire à un magistrat honnête, M. ANDRÈS UGARRIZA, qui me rendit justice en reconnaissant que je n'avais violé aucune loi de la République Argentine, et il ordonna ma mise en liberté.

Au commencement de 1876, je fis encore une autre expédition, toujours avec les ressources d'une tierce personne; nous partîmes de Montevideo; nous devions aller nous établir sur les bords du Rio-Colorado.

Quelques colons, à bord, nous volaient nos marchandises; nous voulûmes y mettre ordre : ils se soulevèrent. D'un autre côté, le capitaine ne sut pas trouver l'entrée du fleuve, et il revint à Montevideo sans pouvoir nous débarquer, après avoir perdu nos deux chaloupes.

Ceux qui nous avaient volés et qui s'étaient soulevés portèrent une plainte calomnieuse contre nous. Le capitaine du port, sans chercher à se rendre compte de la vérité, nous fit arrêter; on nous mit en prison, où nous restâmes trois jours. Les voleurs faisaient emprisonner les volés, c'était la justice renversée.

Après tant de malheurs, je m'adressai au gouvernement argentin pour lui demander de m'établir à l'île de Chuolechel, sur le fleuve Limay (Rio Negro), d'où j'aurais pu faire passer les éléments de civilisation aux Indiens, les maintenir chez eux et les empêcher de venir faire des incursions sur le territoire argentin. Le gouvernement reconnaissait que j'aurais pu lui rendre de grands services, et peut-être m'aurait-il accordé l'autorisation que je lui demandais. Mais, pour comble d'infortune, le 5 octobre dernier, je tombai gravement malade. Le 21 octobre j'entrais à l'hôpital Saint-Louis à Buenos-Ayres, où j'ai été l'objet des soins les plus bienveillants.

Le 7 novembre, j'étais agonisant; on me fit une opération qui me sauva la vie; mais je resterai invalide pour le reste de mes jours et dans l'impossibilité de travailler.

Lorsque je pus supporter le voyage, quelques Français établis à Buenos-Ayres eurent l'obligeance de m'aider à revenir en France.

Le 26 janvier dernier, je m'embarquai sur le *Parana,* des Messageries maritimes, et j'arrivai à Bordeaux le 26 février dernier. J'entrai à l'hôpital Saint-André.

Dans mes expéditions, j'ai dépensé tout mon avoir; je me trouve sans ressources et sans pouvoir m'en procurer par un travail quelconque.

MM. les Présidents des deux Chambres des avoués près la Cour et le Tribunal de première instance de Bordeaux ont eu le bonté de venir me voir, de me manifester leur sympathie et celle de leurs collègues. Ils m'ont aidé de cinq cents francs, au moyen des fonds de chaque corporation, sans préjudice des souscriptions particulières.

En présence de ma douloureuse situation, j'ai l'honneur, Messieurs, de m'adresser, en ma qualité d'ancien avoué, à votre bienveillance. Et, en cette qualité, je prie ceux de mes anciens confrères qui ne sont pas indifférents aux malheurs d'un pionnier de la civilisation, de me venir en aide au moyen d'une souscription que je les prie de me faire parvenir directement.

Veuillez agréer, Messieurs et anciens confrères, l'assurance de mes sentiments très distingués.

P^{ce} O.-A. DE TOUNENS.

Hôpital Saint-André, chambre n° 12.

Bordeaux, 17 avril 1877 (1).

Plusieurs de mes anciens confrères m'ont fait l'amitié de répondre à mon appel. Presque tous ont accompagné leur souscription d'une lettre sympathique. Je vais en reproduire deux; les autres au

---

(1) Aujourd'hui à *Tourtoirac* (Dordogne).

fond sont à peu près les mêmes ; voici les deux dont il s'agit :

1° Les avoués d'Espalion.

« 27 avril 1877.

» MONSIEUR ET ANCIEN CONFRÈRE,

» Au nom de la communauté des avoués près le tribunal
» civil d'Espalion (Aveyron), j'ai l'honneur de vous adresser
» en un mandat sur la poste la somme de..... (1)
» Mes confrères et moi avons été heureux de répondre à
» votre appel; nous regrettons seulement que la réduction
» de notre caisse commune ne nous ait pas permis de vous
» envoyer une somme plus considérable et de vous donner
» un meilleur témoignage de notre sympathie.
» Veuillez agréer, Monsieur et ancien confrère, l'expres-
» sion de mes sentiments très distingués.

» Le président de la chambre des avoués d'Espalion,

» Signé : L. THÉDENAT. »

2° Les avoués du Blanc (Indre).

« 8 mai 1877.

» MONSIEUR ET ANCIEN CONFRÈRE,

» J'ai l'honneur de vous adresser la petite souscription
» des avoués du Blanc; nous compatissons de grand cœur
» à votre douloureuse situation, et nous espérons que votre
» appel aura été entendu de tous, notamment dans les
» grandes villes où les Chambres ont d'importantes res-
» sources.
» Il eût été à désirer que vous eussiez réussi; les Indiens
» eussent pu connaître tous les avantages de la civilisation,

_____

(1) Le mandat était de 40 fr.

» la France y eût gagné, et l'on eût répété que de nos rangs
» était sorti un grand homme.

» Agréez, Monsieur et ancien confrère, l'assurance de nos
» sentiments les plus distingués.

» Signé : R. MARTIN. »

Hélas! j'ai réussi autant qu'il m'était humainement possible de le faire. Malheureusement les ressources m'ont manqué pour établir les communications dont j'avais besoin pour faire pénétrer tous les éléments de civilisation chez les Indiens, les retenir chez eux et empêcher les guerres de représailles qui durent depuis trois siècles et demi. Solution qui serait avantageuse à l'humanité tout entière, et particulièrement aux Indiens et aux deux républiques voisines, le Chili et la Confédération Argentine.

APPENDICE

M. DE TOUNENS

Nous avons annoncé l'arrivée à Bordeaux de M. de Tounens, si connu par son séjour dans l'Araucanie où la population l'avait proclamé roi.

M. de Tounens, dont la santé a été profondément altérée par les fatigues de ses dernières expéditions, a été obligé, en laissant le paquebot qui vient de le transporter en France, de s'installer dans une des chambres payantes de l'hôpital pour y suivre un traitement.

Nous avons eu l'honneur de voir M. de Tounens, et nos lecteurs nous permettront de leur donner quelques détails sur un homme auquel il n'a manqué, pour réussir, que d'être Anglais, et sur des contrées de l'hémisphère austral Américain, qui n'ont été visitées jusqu'à présent que par de rares européens.

M. de Tounens a près de cinquante-deux ans. On est frappé tout d'abord par l'énergique expression d'une superbe tête véritablement sculpturale. Son regard est sympathique, sa parole vive et imagée. On sait que notre compatriote a obéi à une conviction profonde et qu'il a poursuivi un but bien plus élevé que la satisfaction d'une vulgaire ambition.

Chose singulière, c'est à l'âge de dix ans que M. de Tounens eut comme une illumination et que sa vocation fut décidée. Il étudiait les éléments de la géographie quand il se sentit irrésistiblement attiré vers l'Araucanie.

Cette pensée l'obsédait dans sa carrière civile qu'il avait d'abord embrassée et qu'il ne tarda point à quitter pour se diriger vers l'Amérique du Sud.

L'Araucanie est une contrée dont la superficie représente à peu près celle de sept à huit de nos départements. Elle est située à l'ouest de la grande Cordillère des Andes, et offre un long développement de côtes baignées par l'Océan Pacifique. Au nord et au sud, elle est limitée par le Chili, au milieu duquel elle forme ainsi une enclave.

Le pays jouit d'un climat très doux, analogue à celui du midi de la France. Le sol est très fertile; tous les végétaux de l'Europe y réussissent admirablement. Le terrain est fort accidenté. A partir des dernières assises des Andes jusqu'à l'Océan Pacifique, se développent de longues vallées arrosées par une multitude de cours d'eau, où vivent à l'état demi-sauvage d'innombrables troupeaux de bœufs, de chevaux et de vigognes; où l'on rencontre aussi à chaque instant des champs de blé, de maïs et de tabac. Sur les nombreux contre-forts qui séparent les vallées, et qui semblent supporter l'effort des gigantesques montagnes qui se profilent vers l'ouest jusque dans les nuages, existent de magnifiques forêts. Le chêne, le noyer, toutes les variétés d'arbres d'essence résineuse, y acquièrent une superbe croissance. Il y aurait là d'inépuisables richesses pour le commerce des bois de construction.

Les contre-forts des Andes recèlent aussi dans leurs flancs des trésors que l'industrie pourrait leur ravir avec un immense profit. Les gisements métalliques y abondent; on y trouve notamment des mines très riches en plomb argentifère. Plusieurs bassins houillers et des chutes d'eau permettraient de donner à peu de frais une grande extension au travail métallurgique.

Enfin, pour compléter ce rapide aperçu, ajoutons qu'il y a sur les côtes de l'Araucanie plusieurs havres où les navires peuvent rester avec sécurité, et qui semblent avoir été destinés par la Providence à devenir des ports importants.

Dans la première moitié du xvie siècle, le Chili résista énergiquement contre l'invasion des aventuriers espagnols.

Le rival de Pizzaro, Almagro, et un peu plus tard Pedro de Valdia, ne purent le soumettre en entier. Le centre même du pays, l'Araucanie actuelle, conserva son indépendance, et les populations indigènes vécurent, sous le gouvernement de leurs caciques, à l'abri des nombreux escarpements d'un sol accidenté et dans les profondeurs des forêts.

On peut dire cependant que, depuis plus de trois cents ans, la lutte n'a jamais cessé entre les Indiens et la race conquérante. La politique des descendants des colons espagnols est la même que celle de leurs pères. Ils poursuivent sans se lasser l'extermination d'un peuple qu'ils ont déjà fait en grande partie disparaître. Au lieu de chercher à civiliser les tribus indiennes, ils n'ont d'autre but que de les anéantir pour s'emparer de leur territoire, tandis que l'énergie castillane aurait devant elle un élément d'activité bien autrement noble, la fertilisation des étendues immenses qu'elle a déjà conquises.

En droit, l'Araucanie est donc indépendante aujourd'hui comme au XVIᵉ siècle. En fait, la République du Chili revendique la souveraineté de cette contrée, ainsi que celle de la Patagonie; mais cette dernière prétention est contestée par la République Argentine. Les Indiens pourtant ne demanderaient qu'à suivre en paix leurs habitudes pastorales, mais ils sont sans cesse provoqués par leurs terribles voisins. Il ne se passe pas d'année qu'il n'y ait des violations de territoire, qui entraînent des rixes sanglantes, dans lesquelles la population indigène est peu à peu décimée. Des traités ont été conclus à diverses reprises, mais les Chiliens, comme les Argentins, cessent de les respecter dès qu'ils croient trouver une occasion favorable d'envahir quelques districts araucaniens ou pampéens.

C'est à ce peuple injustement persécuté et menacé d'un anéantissement prochain, que M. de Tounens a voulu apporter les bienfaits de la civilisation. Il a su, avec un art infini, gagner la confiance des caciques des diverses tribus. Il a vécu plusieurs années de la vie indienne; il a tenté de faire pénétrer les idées chrétiennes parmi les

survivants d'une race malheureuse, rebelle jusqu'à ce jour
à tout contact des autres nations, parce qu'elle n'était que
trop habituée à voir dans les Européens des ennemis et
même des bourreaux.

M. de Tounens a essayé en même temps de devenir l'intermédiaire entre les Indiens et les gouvernements du
Chili et de la République Argentine. Il n'a épargné aucun
effort, aucune fatigue, pour faire respecter le droit de
l'Araucanie à vivre libre et indépendante. C'est dans ces
circonstances qu'un petit peuple, délaissé du monde entier
et à moitié sauvage, a proclamé roi l'homme généreux qui
prenait si noblement sa défense.

Nous n'ignorons pas qu'on a beaucoup plaisanté sur
cette royauté. C'est malheureusement un travers du
caractère français. Nous sommes trop enclins à chercher
en toutes choses un côté qui prête à rire, et, pour ne pas
sacrifier une plaisanterie, on a trop souvent poursuivi de
quolibets et de sarcasmes un des plus hardis pionniers de
la civilisation.

Cependant, si l'on veut bien y réfléchir, l'œuvre de
M. de Tounens était éminemment française. Dans ces
contrées lointaines, il voulait fonder un petit État, placé
sous la protection de la France et ouvert à notre colonisa-
tion, qui eût trouvé dans le sol les ressources les plus
fécondes, sous un climat qui ressemble beaucoup à celui
de la mère-patrie.

Notre commerce eût également rencontré dans les forêts
de l'Araucanie, comme dans les innombrables troupeaux
de ce pays, de puissants éléments de prospérité. En même
temps, des ports nouveaux auraient permis à notre marine
marchande de reprendre un peu d'activité, et ils auraient
offert à notre marine militaire le moyen de se ravitailler
en toute sécurité.

Tout cela était en germe dans la pensée de M. de
Tounens. Mais nous étions alors trop occupés de la guerre
du Mexique pour accorder à l'entreprise d'un de nos com-
patriotes autre chose qu'un sourire. L'Angleterre n'eût
certainement pas agi de la sorte; elle eût compris l'idée.
Dans le labeur d'un de ses enfants, elle eût vu tout un

avenir, et sa protection la plus hautement avouée et la plus énergique aurait été acquise à M. de Tounens.

Malheureusement, chez nous il n'en est point ainsi. Profondément agité par les ferments révolutionnaires, vivant au jour le jour, courant les aventures sur tous les points du globe, le gouvernement de l'empire a laissé se consumer inutilement des efforts qui n'auraient pas été stériles s'il en avait saisi la portée.

Le gouvernement du Chili ne s'y est point trompé. Il a vu dans M. de Tounens, non point un homme vulgaire poussé par une bizarre ambition, mais un ennemi dangereux dont il fallait à tout prix se défaire. C'est pour cela qu'au moment où le vaillant Français voyait son œuvre en bonne voie, à l'instant où des missionnaires appelés par lui allaient planter la croix dans un pays qui ne connaît pas encore le Christ, une agression sauvage a été commise par le gouvernement chilien contre les Araucans, et que M. de Tounens, fait prisonnier au mépris de tous les droits, a dû subir une longue captivité et n'a pu même conserver la vie que grâce à l'intervention du consul français.

On sait le reste ; on n'ignore pas que les nouvelles tentatives de notre énergique compatriote n'ont pas été heureuses. Il nous a cependant paru instructif de mettre en relief le véritable caractère d'une lutte engagée par un homme seul, qui ne pouvait appeler à son aide que la puissance du droit. Cet homme méritait mieux que les railleries dont on l'a poursuivi sans comprendre sa pensée. Le succès lui a manqué parce qu'il a été abandonné de tous ; mais pour peu qu'il eût été secondé, un territoire des plus riches et des plus fertiles aurait été ouvert, dans l'hémisphère austral, à la civilisation et à l'activité française.

A. PÉPIN D'ESCURAC.

(La *Guienne* du 6 mars 1877. — Reproduit par l'*Avenir de Blois* du 14 mars 1877.)

SOUSCRIPTION

EN FAVEUR DE M. DE TOUNENS

ANCIEN ROI D'ARAUCANIE.

La *Gironde*......................................F.	20	»
Mme Veuve Lacoste............................	5	»
MM. Marcelin Lacoste, libraire-éditeur..............	5	»
Émile Martin..............................	1	»
Dupuy, de Périgueux........................	1	»
Adhémard Lesfargue-Lagrange................	2	»
Cruege....................................	0	50
Edmond	0	50
Jules	0	25
Alfred....................................	0	25
Divers anonymes...........................	4	95
M. Dusolier père..........................	10	»
Un lecteur des *Tablettes de Trebla yorffeg*....	2	»
Un anonyme..............................	5	»
Trubesset, consul de Saint-Marin..............	5	»
A. D....................................	10	»
A. S. S.................................	2	»
E. P....................................	10	»
Léonce Claverie, maire de St-Michel-Déparon		
(Dordogne)................................	10	»
Deux compatriotes.........................	1	»
Georges et Raoul Passemard.................	10	»
C. R....................................	1	»
Tronche, de Bergerac......................	5	»
L'Ami du Peuple	10	»

MM. Jean Leymergie......... .... 1 »
    Ed. de M.. 10 »
    Ducos, directeur du Casino à Biarritz.......... 20 »
    Un Périgourdin.................................... 5 »
    Salleix Laboige, négociant à Paris............. 20 »
    Pépin d'Escurac................................... 10 »
    Alfred Mahon, inspecteur des lignes télégra-
       phiques en retraite, chevalier de la Légion
       d'honneur, à Blois............................... 30 »
    Henri Mahon fils................................. 20 »
    Doche, ancien notaire, maire de Thenon (Dord.) 5 »
    Un anonyme....................................... 1 »
    Un Périgourdin................................... 5 »
    L. F... 2 »
    M. A... 2 »
    Albert Pouchan à Hautefort (Dordogne)......... 1 »
    Jules D..., de Bergerac.......................... 5 »
    Garreau.. 2 »
    A. L. B.. 5 »
    Boussier, étudiant en droit...................... 5 »
    A. D... » 50
    Un philanthrope.................................. 1 »
    La *Guienne*..................................... 20 »
    J.-C... 1 »
    Rousset, représentant de la compagnie Howe.. 5 »
    Anonyme.. 25 »
    Laviarde, à Paris................................ 30 »
    S. M... 5 »
    Les Présidents des deux Chambres des Avoués
       près la Cour et le Tribunal de première ins-
       tance de Bordeaux............................... 500 »
    Son Éminence le Cardinal Donnet................ 50 »
    Le comte René de Menou......................... 50 »
Mlle de Calvimont.................................... 20 »
MM. T... fils.. 10 »
    Un anonyme .... 5 »
    Roustaing, ancien bâtonnier de l'ordre des
       avocats à Bordeaux............................. 20 »
    Desormes, à Paris................................ 10 »
    Un anonyme....................................... 5 »
    A. P... 10 »
    De Carbonnières et sa famille, à Jerjac (Dordo-
       gne).. 5 »

MM. L. Saumassy, à Cannes............ .... 5 »
Sa Grandeur Monseigneur de la Bouillerie,
   archevêque de Perga, coadjuteur de Son
   Éminence le Cardinal Donnet................. 50 »
A. de Fonteneau, capitaine de frégate, à Cher-
   bourg... 20 »
Un anonyme .... 10 »
Saladin, vicaire à Saint-Michel, à Bordeaux... 10 »
Le vicomte de Verduzan....................... 10 »
Pierre de Lallemant de Mont.................... 5 »
Un anonyme .... 5 »
Villenauvès, à Layrac .... 20 »
H. Worms, par M. Gounouilhou................. 25 »
Un anonyme.. 10 »
Verrier de Villers, à Paris........... .... 20 »
Une Bordelaise, par M. Sauvat, libraire......... 5 »
Un anonyme, par M. Sauvat, libraire........... 20 »
Une bonne chrétienne, à Paris........ .. .. 6 »
Les avoués de Périgueux, par l'intermédiaire
   de M. Dussol, président de la Chambre, qui
   vint à l'hôpital Saint-André de Bordeaux,
   m'exprimer sa sympathie et celle de ses col-
   lègues... 50 »
les avoués de Cognac............................. 25 »
    —   de Blois.............................. 50 »
    —   d'Auch...................,............ 60 »
    —   de Lyon première instance.......... 100 »
    —   de Saint-Yrieix...................... 24 »
    —   d'Espalion........................... 40 »
    —   de la cour d'appel de Paris.......... 100 »
    —   d'Évreux.............................. 25 »
    —   de Béthume........................... 25 »
H. G., par M. Sauvat, libraire .... 5 »
    —   d'Angoulême......................... 100 »
    —   de la cour d'appel de Limoges, deux
         avocats et un magistrat............ 75 »
    —   de Lectoure .... 20 »
    —   de première instance d'Aix.......... 150 »
    —   de la cour d'appel d'Aix............. 100 »
    —   d'Épinal............................. 25 »
S. G. Mgr. Louis-Anne, évêque de St-Claude (Jura) 10 »
J. B. P., par M. Sauvat, libraire................ 1 »
Un anonyme................................ 10 »

MM. les avoués de Civray et le percepteur de cette
ville 21 30
— du Blanc .... 25 »
— de Besançon .... 30 »
— de Châteaulin .... 20 »
— de Dax .... 30 »
— de Nîmes, 1re instance .... 50 »
— de Toulouse, 1re instance .... 100 »
S. G. Mgr. Dabert, évêque de Périgueux .... 20 »
les avoués de la cour d'appel de Grenoble ..... 40 »
Un oncle et une nièce, par M. Sauvat, libraire 10 »
Daignos fils, 26, rue Cornac, à Bordeaux .... 5 »
les avoués de Rodez .... 60 »
Marquis de Lamballerie, par M. Sauvat, libraire. 5 »
les avoués d'Abbeville .... 30 »
— d'Aubusson .... 50 »
— de Toulouse, cour d'appel .... 100 »
— de Lorient .... 30 »
— de Mont-de-Marsan .... 55 »
— de Bayonne .... 20 »
— de Boulogne-sur-Mer .... 30 »
— de Rambouillet .... 10 »
— de Poitiers, cours d'appel .... 50 »
S. Em. le cardinal Donnet, par M. Sauvat, libraire,
(2e versement) .... 100 »
les avoués de Cambrai .... 50 »
— de Soissons .... 25 »
— de Sainte-Ménehould .... 20 »
— de Toulon .... 40 »
Villenouvès, à Layrac (2e versement) .... 20 »
les avoués de Corbeil (Seine-et-Oise) .... 25 »
Dumaine frères, libres, passage Dauphine, Paris. 10 »
Bouffard fils, 71, cours d'Aquitaine .... 20 »
les avoués de la cour d'appel d'Agen .... 30 »
— de Brive .... 25 »
— de Bergerac .... 100 »
H. Shulze, à Berlin .... (20 marcs) 24 »
M.-B..., par MM. Feret, libraires .... 5 »

F. 3,519 25

Merci, mille fois merci à tous ceux qui ont pris part à ma triste situation. Je les conjure de me continuer leur bienveillante sympathie, de propager avec le plus grand zèle ma NOTICE sur l'Araucanie, et d'encourager ma souscription.

On souscrit à *Bordeaux*, chez :

1° M. SAUVAT, libraire, 5, rue Saint-Rémi.

2° MM. FERÈT ET FILS, libraires, 15, cours de l'Intendance.

3° A *Périgueux*, chez M. et Mme TARRADE-DÉROZIER, libraires, cours Michel-Montaigne, 37.

4° Directement entre mes mains, m'écrire à *Tourtoirac* (Dordogne).

Les noms des nouveaux souscripteurs et les sommes souscrites paraîtront dans la prochaine édition.

Bordeaux. — Imp. G. GOUNOUILHOU, rue Guiraude, 11.

www.ingramcontent.com/pod-product-compliance
Lightning Source LLC
Chambersburg PA
CBHW061649180626
46818CB00003B/1019